交流电

丘山 著

Qiushan

Jiao
Liu
Dian

当代世界出版社

丘山,本名邱建国,
70后,江西南城人氏。
现居南昌、杭州两地。
出版工作者,乡愁患者,
"一碗米粉的乡愁"全球征文发起人。
喜欢写诗。

是什么使她成了我的母亲

给我手中递上一碗饭

每次回家，跟爸爸的交流
基本上靠酒杯完成

哦,宝贝,作业做完了
就早点休息吧
当你揿灭台灯,夜晚才真正开始

斑驳的树叶儿
把太阳漏下来的金线
兑换成一小块一小块光阴
随意洒在地上

不管白天还是夜晚
云独来独往
她整天敷着高冷的面膜
但我相信后面藏着一个鬼脸

我没去看西湖一次
一次都没去
办公室的那扇窗
把我囚在风景之外

只要有酒，即使只有半壶
你的孤独
就有了隐居之所

人的一生,大半光阴
伴随着回忆
但回忆的时光要走得慢一些

有时候，不妨把人生的意义
寄托给一盘炒米粉
尤其在异地他乡的晚上

几千公里的距离
还来不及一声慨叹
就落下来了

夜色中沉睡的鱼
如一粒微尘
呼吸着整个苍穹

去哪里并不重要
走着走着
很容易拐入另一片风景
或荒滩

爬到高处打坐
回到低处洗手。在大觉山
我想在一朵云上涅槃

序

刘荒田

一

初识丘山，于2019年金秋，我和他同在浙江绍兴参加文学活动。这位比我小一辈的70后予我的第一印象极深刻，因由并不在其外表——俊朗的高个子——而是他有一种"独门功夫"。他给包括我在内的一些与会者赠送由他主编出版的精装本《一碗米粉的乡愁》时，都在扉页题写赠言，诸如"杨柳岸清风晓月，盱江源碧水带光"（赠杨晓光先生），"湖上泛舟洪波静，秋光晃漾云路宽"（赠洪晃女士），"吴越新茶春烟醉，玉面芙蓉带笑开"（赠吴蓉女士），"曾经沧海深情在，春风著物花更妍"（赠海妍女士），"闭户留春听书语，开轩向晓看云愁"（赠张春晓女士），等等。他说已写了两千多条，均为七言，基本对仗，都藏着受书人的名字，有些地名人名语义双关。

我由衷地赞美这一雅事。题赠乃古代中国士人的拿手绝活，不仅用于酬酢，作为表达友谊或敬慕的社交礼仪；更以之展现才情，在文学殿堂里占一个位置。他的大多数赠言做到了两方面：贴切，典雅。前者指嵌名，都是随机而作，无从预备，对方的名字被自然地砌入，靠的是急智；后者指诗句不落窠臼，耐嚼，靠的是积累。诗人在两方面取得均衡，出手漂亮。有相当部分，连名字暗含的诗意也发掘了。一读者朋友的名字是"肖后根"，收到的赠言是"两杯淡酒黄昏后，一盘炒粉撼愁根"，不能不赞为妙手偶得。

读了大量赠言，我形成这样的印象：来自"才子之乡"江西抚州的丘山，确实是一位才子。进而，对他的诗作产生浓烈的兴趣。避疫期间，尤其渴望读到能滤去烦躁的隽永之作，我向丘山提出请求，他即发来新编诗集《交流电》的电子版。

二

读了《交流电》全部诗稿，依然要归结到才气。按"用料愈少愈高级"的通用标准，诗是文学的皇冠。短诗又是诸体中最讲究才气的。殆无疑问，才气是诗作成功的首要因素。严羽云："夫诗有别材，非关书也；诗有别趣，非关理也。"袁枚的《随园诗话》引杨诚斋言："格调（指格律）是空架子，有腔口易描；风趣专写性灵，非天才不办"。还引了许浑诗："吟诗好似成仙骨，骨里无诗莫浪吟"。

诗人丘山的才气，见诸诗集，可予细分。

才气就是灵敏的触角

才如叶尖的露珠,连幽微的星光、蜂鸟的扑翅,也能感应;又如长风,吹向八方,直打天涯的心坎。

诗人化腐朽为神奇的能耐,一次次地引起我的惊叹。

赖床,谁没有过呢?不愿起来之际谁没有妄想呢?然而,读到这一首,还是要发出会心一笑,说:"真有你的!""昨夜我钻进被窝 / 被黑夜快递到了今晨 // 要是它送得慢一点就好了 / 要是它把我送到前天去了就好了 / 要是它送的时候迷路了就好了 / 要是今天找个理由坚决不收就好了"——《快递》

在《迷路是迷人的》一诗中,诗人自称是个"缺乏想象力的人",但结尾闲闲道出一种深奥的哲学——"走着走着 / 很容易拐入另一片风景 / 或荒滩 / 迷路是迷人的 / 在陌生地方留下脚印 / 才是生命的延伸"。换个说法:在老地方转圈,生命境界即止步。

才气就是将日常生活诗化

近年来,"口语诗"颇流行。港粤一带,读者将随意抓起无聊琐事,照抄生活原样,不作深化的浅薄、浮滥之篇贬为"口水诗"。丘山的诗,语言也是平日惯用的,题材取自庸常日子,可是,那灵动,那机锋,那一本正经的诙谐,教我想起尼采对叔本华的赞语——"敢于优美地谈论所谓'琐事'"。

请看诗人坐车:"每周坐火车/从杭州到南昌/从南昌到杭州//火车是我养的宠物/每周我都要遛它一次"——《火车诗》

才气就是童心

诗集里出现次数最多的人是诗人的女儿,为这宝贝写的诗尤其可圈可点。亲情,父爱,这些最能触及感情"软肋"的素材,出新最难,靠的是电光石火的感悟。请看:

"昨晚九点半,打电话回家/给女儿一个祝福/女儿说:我还在写作业/爸爸,祝我的作业少一点吧/作业少一点,就是最好的礼物//哦,宝贝,这边正在减负/这听上去很酷/减负,减负/惊起一滩鸥鹭/这里是否会变成一片乐土/让我再侦查一段时间/我担心那是文件和文件在跳舞//哦,宝贝,作业做完了/就早点休息吧/当你揿灭台灯,夜晚才真正开始/夜晚比爸爸更有办法/让你做一个彩色的梦"——《邱涵乙》。

才气就是多重视角

王国维说,有"主观的诗人"和"客观的诗人"。丘山一身二任,于后者尤其得心应手,出其不意地变换身份、视角,一如陆放翁变身梅花——"化作身千亿"。

他写《杭州的夏天》:"这几天杭州天气真好啊/不冷也不热/但不是不冷不热/有风微微吹着/像春天,像秋天/就是不像夏天/云片儿在天空飘荡/斑驳的树叶儿/

把太阳漏下来的金线 / 兑换成一小块一小块光阴 / 随意洒在地上 / 任由人们去捡拾,去感叹 / 或者视而不见"。

才气就是幽默

而自嘲,比起开别人的玩笑,内涵更丰富,引人思索。

诗人这样消遣自己:"昨夜我梦见了我 / 我梦见我长高了许多 / 我弯下腰来跟我说话 / 我踮起脚来跟我握手 / 我看着我 / 像看着另一个人 / 但又知道我们是同一个人 / 这种感觉非常奇妙 / 我握着我的手 / 久久,不愿松开"——《梦见》

才气就是深情

无深情何以为诗?问题在于表达,这样的诗,我读着眼睛是湿润的:

"三十多年后,我再一次 / 坐在镇上的理发店剪头 / 一部从这里发往外面的初稿 / 经过岁月的打磨 / 回到原产地,修改,润色 / 株良镇,不管我走得多远 / 不管异地他乡怎么接纳我 / 我最终要回到你的怀抱 / 像童年少年时一样 / 乖乖地坐在理发椅上 / 接受你的端详,摩挲 / 你用一双昏花的老眼 / 检阅我头上发白的岁月——一根,两根,三根"——《株良镇》

他写母亲:"望着在厨房里忙碌的母亲 / 我有时会想 / 其实我们俩前世是陌生人 / 是什么使她成了我的母亲 / 给我手中递上一碗饭 / 其实我们终究会在时光中走散 / 且永

不再见／我手中的这碗饭／会被时光夺走／／这么想着／我慢慢吃着饭／一粒一粒／细嚼慢咽"——《一碗饭》

评论不是我的专业，更非特长，无论奉命还是自愿为之，多少有点勉强，而这一诗集予我的愉悦难以言状，我边读边大笑十多次。为这可遇不可求的精神飨宴，深深感谢诗人丘山！

2022年秋

于美国旧金山

刘荒田，
著名作家，
广东省台山人，
1980年移居美国旧金山。

40多年来，
已出版数十部散文随笔集和诗集。
2009年以《刘荒田美国笔记》一书
获首届"中山杯"全球华侨
文学奖散文类"最佳作品奖"。

目 录

第一辑　　东流水

早晨诗	003
中午	006
一首疲倦的诗	007
傍晚	008
打嗝	009
四月最后的诗篇	011
五月的诗	013
春游	014
夏天来了	015
杭州的夏天	016
秋令	017
在秋天，把自己变轻	018
秋天的诗章	019
过冬	021
杭州的第一场雪	022
一场大雪	023
雪	024
大觉山	027
半日之闲	028

旧时光		030
此生		031
仿若浮生		032
火		033
无路可退		034
红尘未了		035
凝视		037
云		038
人的一生		040
回忆		041

第二辑　漂流船

有时	045
凌晨一点的杭州东站	046
感谢	047
杭州上空的月亮	048
喝茶	049
保持漂泊	050
双城记	051
秋天	052
我的西湖	053
米粉·乡愁	055
株良镇	063
时光的暗疾	064
故乡的夜晚	065
尘封的村庄	066
到黄马去吸氧	067
亲昵与荡漾	068

北京的月亮	069
草原上的月亮	071
额尔古纳的植物	072
意义	073
景德镇	074
明月山	077
芭提雅	079
光的传说	081
宽恕	082

第三辑　暖流带

邱涵乙	085
暖	090
早餐	091
剪彩	092
我家的太阳	093
礼物	094
拖地	095
云在天上飘动	097
云上	098
捞爸爸	099
打电话	100
彩色的夜晚	102
时间	103
下午时光	104
城市在下雨	105
没有	106
中年的春天	107

一碗饭	108
妈妈	109
母亲节	110
写给爸爸的诗	111
我的柚子兄弟	112
甜枣	115
美好的电话	116
云	117
南昌的云	118
梦	119
仪式感	120
开财门	121
访茶	122

第四辑　夜流光

一条夜色中沉睡的鱼	125
一夜安睡	126
我睡着了	127
夜空下的王	129
睡觉是神圣的事情	130
睡觉	131
奇妙的关系	134
使命	135
火车诗	136
失眠的人	142
戴彩色口罩的人	143
孤单的城市	144
雨	145
比如	146

第五辑　交流电

交流电	149
迷路是迷人的	150
虚构	151
快递	152
春天的秧苗	153
梦见	154
湖	155
石庭园	156
早晨十分美好	157
新的一天	158
时间都是清白的	159
交接	160
新生	161
人到中年	162
甚至苦难，甚至忧伤	163
西湖	164
西湖的雪	165
化雪	166
夜走运河	167
每一场大雪都饶有深意	169
葫芦歌	170
我爱	171
月光	172
在草木之间	173
编辑的一生	174
编辑	175
纯真年代	176

第六辑　醉流杯

水边半隐	181
醉驾一座城市	182
今夜,我需要一杯酒	184
假装	185
在明月山	186
夜宿南山	187
孤独开花	188
喝酒	189
诗	190
我的诗	191
写诗	192
写诗多年	193
凝练	194
笔名	195
诗是让人绝望的事物	196
手榴弹	197
诗人的魔法	198
生命中的光	199
作者简介	200
极简	201
读一本1999年的诗选	202
去桂林参加一场诗会	203

后记 　　205

第一辑

东流水

早晨诗

一

早晨是一张大面额的金钱
每一个早起的人,勤劳的人
都可以拿去花

它从东方的海平面发行
流通到田野、城镇,菜市场、写字楼
扫街的清洁工人,晨跑者
还有悠闲地遛狗的人
沐浴着晨辉
脸上都洋溢着喜气和财气

熬夜的人,锻打月色的银器
早起的人,捡拾太阳的金币

二

卸下几吨重的睡眠
出门走在大街上
像初春一样轻盈
但我不能雀跃

内心的湖泊
保持着中年人的平静
等红灯时
我留意到路边的灌木
叶子已绽开新绿
那一定是最初最新的绿
还带着淡淡的茸毛
就像我刚刚穿上的这件衣服
上面有一层淡淡的
早晨的光

三

早晨又来了
早晨每天都会来
早晨来了多少回了

日复一日，它都是一样出场
从微蒙到光亮，逐渐散发它全部热光
可是谁也不会厌倦

早晨，每个人都欣喜自己能睁开眼睛
好像看见了新的自己
拉开窗帘，早晨把自己打开
人们发现它比昨晚的梦更不真实

四

有时候是早晨把我叫醒
有时候是我早早醒来
等着早晨到来

我们是有默契的
在黑夜的尽头
在黎明的路口
打个招呼
然后一起走

早晨把薄薄的辉光洒在我身上
像美好的祝福
隐瞒了人世的磨难和不幸
它是真的想把这人间的苦难删去
至少在白天
至少在晴天
至少在夏天

2021.7.19

中午

中午是时间的特区
它热烈,明快,却爱躲在
窗帘后面
躺平,为下午积蓄能量
但它又不同于夜晚
在时间背面漂游
在星光和月亮照耀下
铺展梦境
中午是安静的
但中午也有赶路和劳作的人
他们挥汗如雨
一身疲惫
只有到了夜里
才能把时间的重量
卸下来

2021.7.13

一首疲倦的诗

最近忙,太忙
一部部书稿,一个个项目
一份份合同
把会议和电话的间隙塞满
连夜色笼罩下的时间也不放过
有时,关了灯
那些字还在跳跃
等着我去安顿、抚摸

中午时光是劳动者的福利
拉上窗帘,办公室沙发
比夜晚更像一张床
我躺着,像一首疲倦的诗
拒绝朗诵,拒绝发表
拒绝像一首歌一样
发出声响

2018.5.8

傍晚

一场真实的雨
带来的幻境
坐在草木之间
时间湿漉漉的
四周的寂静
都是绿色的
低调的喧嚣也是绿色的

茶杯中升腾的水汽
和远处的雾岚交谈
她们热烈的话语
在黄昏中越来越薄
越来越淡
终究无言
无言的沉默慢慢墨绿

2019.5.27

打嗝

一

坐在飞机上
我一路不停地打嗝
就像我在云朵上面
赶着一群鹅
到了咸阳

二

我在飞机上
不停地打嗝
胸腔里不断有东西往外冒
旋即又被弹压回去
这一切都不由我控制
其实我在万米高空
我整个人也不由自己控制

三

我打嗝越来越厉害
我觉得我应当对飞机的颠簸负责

——这起事件一旦暴露
以后打嗝者就过不了安检了

四

飞机剧烈颠簸
我几次差点向空姐自首
空姐一旦知道危险所在
会不会扑将过来
训练有素地,一把消灭
我胸腔中的恐怖分子

2015.9.7

四月最后的诗篇

四月的最后一天
我到西湖边走走
我要亲眼看着
偌大的湖面
怎么把这个月
翻过去

早上七点多,柳枝慵懒,鸟儿飞翔
湖水在更早时醒来
人们三三两两
在跑步,在打拳,在吟哦
如果不是戴着口罩
他们跟古人没什么区别
我还碰到了几个僧人
也碰到了几个女人
但我没碰到一个阳性的人

八点多,湖水漾动
西湖调动全身的细胞
为进入下个月热身
鸟儿闹得更欢腾了
柳枝摆动
苏堤伸展

雷峰塔也在水底招摇
……
四月即去,五月即来
这热腾腾的人世间
就要浪起来了

2022.4.30

五月的诗

在一月二月,在三月
期盼四月五月
可以摘掉口罩
生活慢慢恢复原状

五月,该开的花都会开放
我关在家里发芽的女儿
过几天就可以返校上课了
我可以想象
每朵花都是一丛跳跃的火光

五月,草木葱茏,风暖花香
空气没那么阴险
但浅夏的明媚中还有无形的暗枪
我们活着
保持适度的警惕和惊慌
我们活着
快乐、健康地活着
但不要忘记那悲伤

2020.5.8

春游

暂时离开字,离开句子,一叠一叠纸
和办公室灯光的监控
我们坐在大巴车里
像一排排规范整齐的章句
到了山野,撒开来
就成了春天里的错别字
成了大地上多余的事物
我们沿着溪水逆行
恶作剧般
打乱了春天的排版

我们混同于一朵花,一株草
甚至一块石头
伪装成春天的原住民
胡闹了半天
被山风逐个识破,一一拔除
我们注定只能在春天的表面游荡
没有谁能像一颗图钉
把自己摁进春天

2019.4.10

夏天来了

春天走了
夏天来了
夏天带着雨来了
推开夏天的门
竟是一个清凉世界

春天开完热闹的花就走了
疫情还在
病毒还在。无边的雨水
给人世的苦难蒙上一层轻纱
这淅淅沥沥的雨声
不清不浊
不默不喧
不悲不喜

2021.5.17

杭州的夏天

这几天杭州天气真好啊
不冷也不热
但不是不冷不热
有风微微吹着
像春天,像秋天
就是不像夏天
云片儿在天空飘荡
斑驳的树叶儿
把太阳漏下来的金线
兑换成一小块一小块光阴
随意洒在地上
任由人们去捡拾,去感叹
或者视而不见

2021.6.24

秋令

在秋天,恰好姓丘
坐上秋天的王位
我颁布的第一道诏书
是废除夏令时
让人民按正常生物钟起居
我打开白天和夜晚
让万物各得其所

在秋天,恰好姓丘
我把每一缕金色阳光
兑换成粮食和蔬菜
我把所有税种都免除
秋天的王
靠稿费自食其力

在秋天,恰好姓丘
我要求所有官员的讲话都写成诗
越短越好
超过二十行
发配到冬天的荒原

2021.11.6

在秋天,把自己变轻

在秋天,有人爆红
有人迷失
有人披着黄金甲
跟秋风打斗

在秋天,有人学习一棵树
删繁就简
有人带着满身伤痛
回到大地

进入生命的秋天
有人把自己变轻
他望一望南山
把一路收集的苦难
寄给云端

2021.11.3

秋天的诗章

一

秋天的光
似水洗过一样
消了火气
暗了锋芒
秋天的云
高远,明亮,慈祥
秋天的风吹来
枯残的树叶
缓缓,合起了手掌

二

刚刚过去的这个秋天,我种在纸上的字
超过春天里的一亩田

那些字,有江河,有飞雁
有孤舟,有积雪

没有字的地方
有灯火的挣扎,有星空的慈悲

三

天空堆满白色的石头
散淡使它们变轻，上升

河水像砍树一样，一刀一刀
删减着自己的波浪

大地献出了全部的葱茏和丰硕
比一堂哲学课更加宁静、空旷

2021.8.22

过冬

我曾试着躲在一块石头后面
捱过这个冬天
但石头后面太寂寞

我曾经把自己绑在一棵树上
抵挡寒风吹袭
但树下风景萧索

我又潜入一杯酒中
寻找尘世温暖
但这温暖略带凄凉

最好是能投入一个人的心怀
把这个寂寞、萧索、凄凉的冬天
过得花团锦簇,光芒万丈

2016.1.9

杭州的第一场雪

2018年的第一场雪
落在体育场路
落在米市巷,纷纷扬扬
落在杭州
每一个角落
落在我另起一页的
生命履历上
这是我在杭州的第一场雪啊
多么珍贵
我在大雪中奔跑
像一个初雪的少年
拥抱每一片雪
邱涵乙说——
爸爸,你周末回南昌
带一片杭州的雪回来吧
杭州的雪
也是我们家的雪

2018.1.26

一场大雪

往事的灰烬
纷纷扬扬
洒落
是彻底的忘记

那冰冷的温度
只有中年男人才能触摸到
在少年人的眼中
那是温暖的礼花啊
是即将开始的
一场往事的前奏

2018.12.9

雪

一

我再一次说起雪
一个守口如瓶的人
他内心深藏的秘密
被雪一片一片一片一片
撬开

没有雪攻不下的堡垒
这个名字柔美的女人
其实是个冷血杀手
她的皮肤是冷冷的
她的头发是冷冷的
她的心肠是冷冷的
她的血液是冷冷的
她走到哪里
哪里便陷入白色恐怖

雪攻陷了这个世界
到处飘扬着白色的旗帜
心惊胆战的人们
每走动一步
都非常小心

二

雪是有性格的
雪下在南方还是北方
性格不一样

北方的雪
厚实,寡言
落在每家每户的屋顶
和地里
像一碗家常米饭

南方的雪
轻薄,飘浮
像情人一个敷衍的吻
像一句轻飘飘的诺言
转瞬即逝

三

下雪的时候
气温是很低的
但我们并不觉得冷
快乐是有温度的

下雨的时候
声音是很嘈杂的

但我们却觉得很寂静
心，是可以被洗净的

四

水是雪的前生
也是雪的后世

水是雪的尸体
也是雪离别的泪

2018.2.11

大觉山

来来往往的人
觉者有几个
漫山遍野的草木
几株是灵物
一座大觉山
能为人间度几多苦厄

爬到高处打坐
回到低处洗手。在大觉山
我想在一朵云上涅槃
以肉身的摇晃
换灵魂的安顿
我在等一场雨
把这人间淘洗

2021.5.2

半日之闲

如果有半日之闲
你会把自己交给一壶茶
一卷书
还是沸腾的海滩
你会不会随地而坐
有一句没一句地
跟自己聊天
你会不会林下漫步,一个人
慢慢走远
寻幽既欢欣,孤怀寄丘山
你会不会去探索一个洞
在洞中打坐,冥想
忘记呼吸
忘记时间
让洞中的微光,渐渐
把你的空洞填满
你会不会去拥抱一群人
像孤独拥抱孤独
像温暖寻找温暖
像沉默陪伴沉默
像语言呼唤语言

如果有半日之闲
你会不会把一块石头

抽去重量,远远地
挂在天边

2021.6.5

旧时光

导航出了故障
我们拐入了一段旧时光
河是窄的,桥是弯的
乌篷船在水面荡漾
一叠茴香豆,几块臭豆腐
老味道都要尝尝
青砖黑瓦白粉墙
小巷深处背影长
一壶老酒饮复醉
浮生半日到斜阳

2020.10.6

此生

此生最深情
生命那么长的眷恋
远方那么长的铁轨

此生最消磨
命运那么薄的纸
夜色那么重的字

此生最快活
春风那么烈的爱
流云那么浅的恨

2019.4.15

仿若浮生

在一万重光阴之上
一种腾云驾雾的感觉
窗外的白云和身边空姐
天使般的微笑
营造的幻影
仿若浮生
几千公里的距离
还来不及一声慨叹
就落下来了

2016.10.13

火

生命熄灭以后
火成为翻译,成为转运使
成为一条上升的路

火破坏,然后建设
它吞噬一具肉身
托起一个灵魂

火将语言烤熟
供在灵前
火将要运送的物质虚化
像灰烬那样轻

火在空气中摆动
像一个过期的治病的方子
病人已脱身离去
把痛留在人间

2022.12.7

无路可退

突然发现
我头上有了五根白发
五根,从比例上说
尚不能改变我
生命的成色
但它们将在我头上待下来
呼朋引伴
直到引来一场大雪
将我完全覆盖
而面对这岁月的侵略
我只能举着白旗
步步后退,直到生命的悬崖

2016.10.6

红尘未了

一大早,我就爬起来望天,看云
立秋了,天上的云突然多起来
整个天空像是一个云的闹市
忧郁的云,开朗的云,奔忙的云
躺平的云
似乎每一朵云
都能幻化为一种人生
似乎每一种命运
都有一朵云图腾

昨天,在杭州城西边
一个兄弟化作一股青烟
踏着云步
升上了云庭

他是我们家乡的一位才子
在杭州读博士,然后留在这里工作
他才华横溢,又长得帅气
生命光华绽放得绚烂、匆促
刚刚五十岁,还是盛夏季节
他就如秋叶般凋落了

他卸下了生命的重负
驾着一朵云远行了

他的时间封存了
但他还会在一朵云上老去
他的头发会慢慢变白
人世间还会有一场雪
把他未了的红尘讲述

2021.8.8

凝视

老友汪立夏教授,住在南昌青山湖畔,每天拍摄湖景,满 300 期。作小诗一首贺之。

你拍青山湖
青山湖也在拍你
你用执着的镜头
她用水灵灵的大眼睛

更多的时候
你凝视着她
她凝视着你
你们对上了眼神
湖面就升起一团雾气

2018.11.20

云

一

云是天上的石头
但被抽去了重量

云是人间的泪水
翻晒在天边的盐

云是风干的落花
拥有洁白的灵魂

云是记忆中的碎片
沉默着,挂在天边

2019.8.11

二

太阳是银河系的
月亮是中文系的
云是治愈系的

它淡泊,宁静,能不动就不动
深谙东方养生之道
它不在意自己的形状
也不在意在天空的位置
随物赋形,随遇而安
在天上,在远处
静静地看着众生

众生抬头看云
只要抬头看云
对上它的眼神
颈椎也治好了
心胸也打开了

2018.8.30

人的一生

人的一生
像一条河流
永远在赶路
每一滴水都在奔忙
总有一天
你走累了,倦了
像一个湖泊那样躺下来
把水的脚步和岁月的波纹
逐渐放缓,放平
安静地睡去
你内心暗藏的云影
会回到天上
远远地,看着你
守护着你

2017.12.10

回忆

人的一生,大半光阴
伴随着回忆
但回忆的时光要走得慢一些
回忆要很用力
朝着相反的方向走
回忆时需要边讲边想
挑一些日常的小事情来说
回忆时要尽量降低声音
语气尽量平静
就像已经放弃了
让时光倒流的挣扎

2020.7.14

第二辑

漂流船

有时

有时步行,有时骑单车,有时坐高铁
极少乘飞机
有时一个人,有时有个伴
有时是满车厢的陌生人

有时发呆,有时听歌,有时边走边打电话
有时突然站着不动
眼泪就那么掉下来

有时喝茶,有时饮酒,有时饿两顿
看自己能不能像一片树叶
挂在月亮上面

有时紧紧地抱住谁,有时两手空空
有时一言不发
在黑暗中走来走去
像不是活在这个世界的人一样

2019.7.26

凌晨一点的杭州东站

你是否看见过凌晨一点的杭州东站
它静静地趴在城市一角
把所有方向都分发完了
不知道自己该何去何从

每天熙熙攘攘,热闹非凡
每天人来人往,相聚又别离
此时的静,是被一列又一列火车
抽空了的孤独
曾经的热闹,像一个泡沫
你很难不相信人生就是一场虚无

每一个奔你而来的人,都是过客
每一个离你而去的人,都是回家
你最伤怀,也最治愈

2020.10.1

感谢

感谢火车
感谢把床装到火车上的人

感谢道路
感谢把铁嵌进道路的人

感谢意志
感谢用隧道打通阻障的人

感谢远方,感谢长夜,感谢光
感谢生活的跋涉和彷徨

2020.6.8

杭州上空的月亮

往年的月亮已腌制起来
今年中秋,杭州上空的月亮
我孤单凝望
那些亦明亦暗的日子
那些薄薄的清澈的欢乐
那些一把刀一样
剜过的忧伤
慈悲的月亮
给我止痛,疗伤
月亮悬在高空
洞悉一切又不动声色
它有时照亮脚下的路
有时又让前方彼岸
陷入一片黑暗和迷茫

2018. 中秋

喝茶

我在运河边装修房子
石灰,水泥,瓷砖,木板
一样一样买
一样一样往家搬

我在西湖边上班,喝茶
对着一湖清水
把内心的家具
一件一件清理
一件一件往外扔

2018.9.13

保持漂泊

昨天,我搬家了
从西湖边
搬到了运河边
这个城市的水
更深刻地流经我
作为一只载满乡愁的舟
我要像一页纸挣脱墙上的图钉一样
保持漂泊
保持颠簸和清澈
偶尔我会潜水数日
与世间失联
在大雪把水面查封之前
重新露面

2018.12.12

双城记

用杭州的工资
在南昌买菜
用南昌的积蓄
在杭州买房

用稿费买火车票
用坐火车的时间
写诗

用识得的几个字
编书,阅读
在字里行间
书里书外
聊度余生

2018.9.15

秋天

还没来得及写一首诗
秋天就已经走远
这是我在这个城市度过的
第一个秋天
纷纷飘落的树叶
我都很陌生
它们生长的时候
我还在另一棵树上
这个秋天
我飘落到这个城市
像一片落叶
像一只飞鸟
像一朵浪花

2017.11.23

我的西湖

窗口对着西湖
上班下班,就在西湖不远处
来来去去
晚上做的梦里
都有西湖的柔波漾动
但整整一个季节
我没去看西湖一次
一次都没去
办公室的那扇窗
把我囚在风景之外
办公桌上的书稿、合同、文案
像一座山,挖去一部分
又长出更多
开会、学习、出差
则把时间的溪流
截流.散流、分流
哦,我多希望时光能够回流
回流到西湖的柔波里
我是一个外地来的游客
或是暂时放风的时间的囚徒
沿着西湖,走走看看

看西湖如何把时间的碎片
拼成一幅广阔的水面

2018.6.8

米粉·乡愁

一

每一个南城人
生下来时
一根脐带剪断了
另一根叫做米粉的脐带
刚刚接上

每一个南城人
都是一只风筝
低低盘旋
还是远走高飞
都牵系着一根米粉

每一个南城人
吃过的米粉
挂在麻姑山上
都是一帘瀑布
名叫——
玉练双飞

2017.10.13

二

舌尖上的米粉
肝尖上的爷娘
山尖上的遥望
心尖上的故乡

这一碗米粉里
盘旋着麻姑山弯弯绕绕的山路
这一碗米粉里
漾动着盱江水起起伏伏的波浪
这一碗米粉里
藏卧着老家日夜交替的太阳与月亮
这一碗米粉里
打捞起故乡传承千载的经典与时尚
这一碗米粉里
有一代代游子最难将息的乡愁与药方
这一碗米粉里,有一种爱
一根一根,一米一米,柔韧细腻,接续绵长

挑起一筷子米粉
一曲五线谱就在舌尖上弹唱
喝一口浓汤
胃里就有一个湖泊在荡漾
一碗米粉吃下去
就把整个家乡吃进了肚子

喉咙口打着南城口音的饱嗝
浑身又充满了继续前行的力量

一个南城人
靠一碗米粉养育一生
直到有一天,实在吃不动了
碗便翻过来,把我们盖住
野草模仿米粉的样子
在碗底疯长

2017.中秋节

三

过年,回到老家
又吃到了米粉
米粉一如既往的白
一眼看去
好像一堆雪
但捧在手里
又是烫热的
吃在嘴里
是温热的
吞进肚里
是暖热的

家乡米粉
这一碗古道热肠
细细弯弯
直通到人心里

2019.4.12

四

有时候,不妨把人生的意义
寄托给一盘炒米粉
尤其在异地他乡的晚上
夜色无边
围剿着一盏灯

放姜放蒜
放肉丝
放豆芽
忘记了放米粉都不要忘记
放辣椒
一盘米粉吃下去
只有辣椒
只有辣椒
会变成星星
在胃里闪烁

2021.5.18

五

回到老家,一定要吃米粉
有时吃一碗
有时吃两碗
有时吃三碗

一顿吃几碗
不是取决于你有多饿
取决于你有多想它
你有多爱它
你有多恨它

2021.6.27

六

米粉是家乡的美食
在家乡出产
喂养家乡的生民
它的白是家乡的白
它的味是家乡的味
它的热闹是家乡的热闹
它的平常是家乡的魂

家乡的米粉是没有乡愁的
它就像母亲的奶

饿了，哭几声，立马就能吃到
再冷的时候
有一口总是热的

乡愁是我们这些离开家乡的人
馋出来的
那些吃过的米粉
变成口水
不停地流

2017.7.11

七

一碗普普通通的家乡米粉，瞬间
刷爆了朋友圈
有人点赞，有人垂涎
有人百里之外求打包，更有人
发动汽车就往老家赶

那是一碗普普通通的家乡米粉
却盛满了游子浓浓的思念
那是最最亲切的老家的味道
那是永难忘怀的儿时的画面
那是母亲不断加料的爱
那是父亲目光中恒定的温暖

一碗老家米粉
是一声声叫着乳名的呼唤
是魂牵梦绕的家园的情感
是最好的乡愁配方啊
老家的米粉
是一根长长的精神脐带
怎么也吃不完
永远也咬不断

2015.8.29

八

南城人,每天早上吃一碗米粉
就像太阳每天升起一样习以为常
又如宗教仪式般庄严
每逢重大节日
南城人都在祖先牌位前供上一碗米粉
但他们每天都要给自己供上一碗

只要有一碗米粉
南城人的日子就冒着热气
即使死了
也冒着热气

2019.4.6

九

杭州又下雨了
这满天垂挂的水粉
徒惹乡思
它让城市变得模糊
需要一把辣椒
回到现实

杭州的雨
下得更像面条
面条是很务实的
它把我喂得很饱
转身去写一首虚幻的诗

2021.7.2

株良镇

三十多年后,我再一次
坐在镇上的理发店剪头
一部从这里发往外面的初稿
经过岁月的打磨
回到原产地,修改,润色
株良镇,不管我走得多远
不管异地他乡怎么接纳我
我最终要回到你的怀抱
像童年少年时一样
乖乖地坐在理发椅上
接受你的端详,摩挲
你用一双昏花的老眼
检阅我头上发白的岁月——
一根,两根,三根……

2018.4.30

时光的暗疾

一个每天步行上下班的人
一个每周乘火车回家的人
河水照他的影子
星光量他的步子

一个在白纸上种植黑字的人
一个在夜晚袒露灵魂的人
雪洗白他的发
风舔舐他伤痕

他的暗疾是乡愁
一种矫情的时代病
仅用米粉是无法治愈的
他饮酒,看云,偶尔写诗
在时光里,带病存活

2021.4.29

故乡的夜晚

故乡的白天正在腐烂
而夜晚依然生机勃勃

故乡的白天都让钢筋水泥封死了
就像整容失败的女人
任何表情都是一场灾难
而夜晚踩上去还软软的
有一种泥土的芳香

故乡的夜晚,多么安静
月光在给她洗脸
星子闪烁
各种虫鸣
各种花草
就那么灿烂地开了
我的故乡还那么神秘!

2016.2.12

尘封的村庄

总是去赶热闹的风景
有时我们会在路边停下来
探访尘封的村庄
它们原本在深山寂寞着
生意葱茏
便利的交通让它们更加寂寞
并夺走了生机

这些并不古老的村庄
干槁的柴火无法进入灶膛
夕阳下的屋顶不能升起炊烟
陌生的探访者
让整个村庄微微痉挛
这些茕立在大地上的村庄
敞开残破的屋门
期待春天把它们叩响

2021.6.26

到黄马去吸氧

你甚至可以说
离省城四十五点八公里的黄马乡
是我们最后的家园
她以农历的诚意
接纳我们,一拨又一拨
工业社会的难民

走进黄马
你把自己缩小为两个鼻孔
一个肺
呼吸,呼吸,尽情地呼吸
直到忘记呼吸
这里空气中的氧,还是小时候
家乡的味道

2017.7.9

亲昵与荡漾

回到株良,我的家乡
我得脱掉鞋袜
赤足陷在泥地里
让温暖的泥巴从脚趾缝里
溢出来
才能表达那种亲昵
甚至要脱得一丝不挂
像回到母亲的子宫一样
跳进村口的池塘

而在杭州,一个陌生又新奇的地方
一个正跟我相互靠拢的第二故乡
我的感情冲动又节制
抛开皮鞋的一本正经和拖鞋的过分随意
穿一双布鞋走在大街上
就是一个中年男人最大的放松和荡漾

2019.4.16

北京的月亮

北京的月亮
挂在北京的天上
北京的月亮
照着北京,也照着
北京以外的地方

北京的月亮
有时很高冷
像一张元青花的脸
北京的月亮
有时很亲切
像一个盛满饭菜的碗

北京的月亮
有时很清澈
像一枚办事的图章
北京的月亮
有时很模糊
像一个难以确诊的瘤囊

北京的月亮
有时很丰满
像一团蓬勃的思念
北京的月亮

有时很消瘦
像一团思念落了单

北京的月亮
如一个岛屿
它是孤独的
但它又能自由移动
这是它让大海中的礁石
羡慕的地方

2019.10.10

草原上的月亮

回到城市
回到人群之中
我才敢回望草原上的月亮

草原上的月亮太近
近得让人心慌
草原上的月亮太亮
让人无处躲藏
草原上的月亮太真实
那么锋利的孤独
那么坦荡的空旷
容易让人受伤

2019.8.16

额尔古纳的植物

在额尔古纳,我见到两种植物
一种是草,卑微的草
现实主义的草
一种是白桦林
高高挺立的白桦林
草是粮食,是物质,是面包
白桦林是精神,是爱情,是象征

我在额尔古纳见到的第三种植物,是云
它是天上的草
也是缠绕在白桦林树梢
情人的絮语

2019.8.10

意义

在大草原
高度没有意义
任何一棵小草
都可以摸到天

在大草原
风速没有意义
再猛烈的风
也不能移动一棵草

在大草原
寥阔没有意义
任何一只羊
都能把草原走遍

在大草原
荒凉没有意义
仼何一处蓝天下
牧羊人都能安顿自己

2019.8.10

景德镇

一

在景德镇这个地方
走到哪里
你都是一个碰瓷者
随便往地上一坐，一躺
都有几块瓷片
为一次事故
埋下伏笔

在景德镇随意走动
这座城市会描摹你
为你着色
给你上釉
你要是在景德镇多待几年
甚至一辈子
最后会有一座窑炉等着你
让你涅槃重生

二

在景德镇，如果你不是一个大师
你最好是一把高岭土

这样你就有机会成为一个瓶子
一个杯子
一只碗
托身某种器形
演绎天地之道,自然之美,生命之魂

你还可以做一个窗口
以一千多度的火舌
讲述这座城市
青白如玉的名声

三

在景德镇,年轻人怎么表白爱情
他们亲眼看见一团泥
变成优美的器物
一件稀世珍品
瞬间化为碎片
这爱情的神奇与脆弱
让他们的心
要承受多少次煅烧与窑变

景德镇人的爱情
过程偏传统
从拉坯开始
利坯,施釉,画坯
霁红霁翠凝画笔

金边细彩情窦开
只等出窑一刻
有人成为了大师
有人收获了爱情

四

上周我去了景德镇
我又回来了
我还没想好
怎么和它融为一体

我不是景德镇人
天生就有高岭土的基因
我羡慕那些聪明的外乡人
娶一个景德镇女子为妻
只要入了洞房,就等着出窑了
从此打上了世家的烙印

我要真想在景德镇待下来
就只有当一名"景漂"了
我漂呀漂,我漂呀漂
天青色等烟雨,我等着火烧

2015.6.11

明月山

到了明月山,才知道
月亮的籍贯在这里
明月是一座山的名字
一座山,是月亮户籍上的户头

月亮是个浪子
它的理想是四处流浪
把它的清辉洒遍城乡
但它没忘记它的根
在一座山上
这里是它出发的地方
它思念的重量
就是一座山的重量

月亮也会老的
有一天它老了
倦了
它会回来的
它会用最后的辉光
照亮回家的路
它会回来的
它要把对一座山的思念

掩埋在
山的怀里

2016.6.5

芭提雅

芭提雅,芭提雅
一朵美艳之极的花
以一种奇异的方式,开放
在霓虹灯闪烁之下
人类的性别扑朔迷离
在男与女之外
人与妖之间,我们看到的
风景
是一个让人费解的谜

芭提雅,芭提雅
人们只需推开一扇门
就可以看见自己
藏得最深的秘密
这里到处都有麻木的躯体
举着同样麻木的脸
在游荡,在扭动
他们的躯体中
没有灵魂,没有知觉,没有情感
也没有欲望
只有一阵又一阵空洞的风
吹过
他们生命的荒原

芭提雅，芭提雅
这里有物欲横流的酒吧
也有香烟氤氲的宗教庙宇
人性、佛性都汇集在这里
于一念之间
起　落　浮　沉

2001.11.24

光的传说

都快睡着了,突然想起
还有一件衬衫晒在院子里
一件白色的衬衫
在夜色中该有多么孤单
它像一个孤岛
悬浮在苍茫的空无中
它的语言那么苍白、无助
像一面不知向谁投降的旗

我把它解救下来
带回灯光下
光照在它身上
光像血液一样
迅速使它的每一根纤维都饱胀起来

2019.5.11

宽恕

早上出门前
我洗了被套和床单
还有一床毛巾被
一起晒在光天化日之下

我把床单上的隐私都洗掉了
那洗不干净的
请太阳宽恕它

下午刚下班
突然变天
下起了淅淅沥沥的雨
我紧赶慢赶跑回家
发现太阳宽恕的地方
上面写满了诗

2019.6.28

第三辑

暖流带

邱涵乙

一

我在杭州上班
她在南昌上学
成为众多留守儿童中的一员
便捷的电话和视频
无法传导触摸的温暖

我户口已先行迁到杭州
但我的心还留在原地
跟她和她的母亲在一起
她所在的地方就是我的心都
我的定海神针
她平安,就天下太平
她快乐,就举国欢庆
她上学、放学,玩耍、游戏
我的心就跳动不同的主题
她不停地走动
我就要不停地迁都
不停地迁都
哪怕一寸,一米,一公里

费尽周折
在所不惜

2018.4.26

二

每次出门
邱涵乙都要给我准备一个便当
都是她平时喜欢吃的
和她认为我喜欢吃的
各种零食
随她的心意搭配
而且里面要放上擦嘴的纸巾
擦手的湿巾
她把便当交到我手里
反复叮咛——
爸爸，你一定要吃啊
那郑重的神色
不像是我的女儿
像是她的母亲
像是我的母亲

2018.4.16

三

昨晚九点半,打电话回家
给女儿一个祝福
女儿说:我还在写作业
爸爸,祝我的作业少一点吧
作业少一点,就是最好的礼物

哦,宝贝,这边正在减负
这听上去很酷
减负,减负
惊起一滩鸥鹭
这里是否会变成一片乐土
让我再侦查一段时间
我担心那是文件和文件在跳舞

哦,宝贝,作业做完了
就早点休息吧
当你揿灭台灯,夜晚才真正开始
夜晚比爸爸更有办法
让你做一个彩色的梦

2019.12.25

四

放寒假了,邱涵乙来杭州住几天

真是对这座寂寞城市的
精准扶贫

我一下子忙乱起来
很多人来问候，送珍贵的小礼物
好朋友请我们到家里吃饭
女儿来了，我在杭州
有了家庭与家庭的社交

我不再形单影只
狭小而空旷的屋子里
顿时欢跃起来
门口停着两双鞋
那双小小的鞋
在家门口，开花

2020.1.15

五

好多天没给你写诗了
这段日子，我们相互陪伴
抬头低头都能看见
伸手就能牵手
说话就能听到
如果我们沉默

那一定是真正的沉默
一点声音的杂质都没有

我们在一起的时光
时间是静止的
只有当我们分开
你才开始长大
我才开始变老
你长大,恨不得一日千里
我变老,总有些磨磨蹭蹭

2019.2.14

暖

我在夜里睡去
我在天亮前醒来
我喜欢看着光明,一点一点
透进窗帘
抚摸我家人的脸
我看着这光明的脚步
将人世间的暖
一点一点
搬进我的家门

2015.6.10

早餐

除了双休日和节假日
一家人坐在一起吃早餐
是很难得的事情

吃什么不重要
一家人坐在一起
小家伙叽叽喳喳
一天的日子
就冒着热气

吃饱了
一家人擦擦嘴巴
上班的上班
上学的上学

2016.3.2

剪彩

新年了,让我把诗歌放一放
亲亲我的老婆和女儿
给她们做一顿饭
一家人举着筷子
为新的一年
剪彩

2018.1.7

我家的太阳

乙宝说,太阳
是妈妈从冬天的被窝里
喊出来的
好像还没睁开眼睛

爸爸说,太阳
是沿着两根铁轨爬上来的
从南昌到杭州
从夜晚到清晨

妈妈说,太阳
是我们家的光
照在钱塘,照在赣江

2018.1.15

礼物

乙宝,爸爸今天回家
想要什么礼物呀?

爸爸,我放假了
妈妈太忙了
没人陪我玩
你送我一个妈妈吧

2018.6.29

拖地

一

在家里拖地
给生活扫尘
一个拖把
一块抹布
一身汗水
一个家,就焕然一新
但郁闷的角落
争吵的痕迹
只有用邱涵乙的橡皮擦
才能擦拭干净

2018.8.5

二

每周回来把地拖一遍
就是把几天来家人的生活
复习一遍
就是把自己的责任田
一寸一寸,翻耕一遍

就是把不在一起的缺憾
一棵一棵，补种一遍

拖地，抹灰，每一个房间的尘土中
都能淘出时光的金砂和碎银
厨房的灰土温度要高一些
有一些小颗粒还会烫手
卧室的灰尘有熟悉的香气
客厅的灰尘比书房的活跃得多
我俯身捡拾到更多的快乐

一大早，我把家里的空地腾出来
让阳光把更多金子
搬进我家

2018.8.11

云在天上飘动

云在天上飘动
我在家里拖地
我看云飘得很慢
云看我估计也慢

其实我是快的
拖完地,女儿就要回家了
云到底是快还是慢呢——
她家的小云几点钟回家?

2018.9.11

云上

今天,我去了一趟云上
见到的每一朵云
都那么淡漠,高冷
白衣飘飘的少年
白发苍苍的老人
都是隐者

在云上
时间是白色的
道路是白色的
声音是白色的
每个人的身份和表情
都是白色的

2018.2.14

捞爸爸

杭州有一个湖
名叫西湖
"扑通!"
我爸爸掉进去了
每天游啊游
游啊游

到了周末
我和妈妈用两根铁轨
把他捞上来
让他回家

2018.3.27

打电话

打电话回去

你在吃饭

打电话回去

你在做核酸

打电话回去

你在陪外婆聊天

打电话回去

你在洗澡

打电话回去

你已经睡了

……

你这么忙

有时间想我吗?

爸爸,我确实很忙很忙

忙着起床

忙着上网课

忙着写作业

忙着玩

忙着阅读

忙着发呆

忙着陪妈妈

忙着长大
忙着睡觉——
爸爸,我只有睡着了才有时间想你!

2022.8.26

彩色的夜晚

所谓夜晚
就是用一把暗黑的锁
把外面的世界封锁起来
只有家里才亮起灯光

到了夜晚
一家人待在一起
互相发出光亮
一家人在一起
夜晚就是彩色的

2016.8.8

时间

女儿在写作业
我在看书
爱人在厨房洗碗

时间被我们分成三条支流
有时又汇合在一起

2018.9,16

下午时光

整个下午,你都在探险
向自己发出挑战
往更高更险处攀越
你快乐地尖叫
把童年的一小段时光
一点一点,安放在
平时够不着的地方

我和你母亲,坐在下面
注视着你
陪伴着你
中年得女的幸福与疲惫
让我们紧紧相依
她靠着我的胸膛
我靠着时间的肩膀

2016.8.21

城市在下雨

城市在下雨
不大不小的雨
把整个城市都包围了
季节的一面之词
把城市描述得灰暗、虚无
人们用五彩缤纷的伞
跟雨辩论
极少的人,像我
穿着童年的套鞋,把雨水
踩在脚下
脚步溅起快乐的水花

2021.3.19

没有

周末,陪丈母娘、老丈人
陪老婆、孩子
去爬山,去玩溪水,去听鸟鸣
顺便让山溪和野鸟
陪陪自己

天边的白云,它不陪我,也不要我陪它
它独自在天空转悠,孤云独去闲
它没有老丈人,没有丈母娘
没有老婆孩子,没有朋友,没有爱
它连性别都没有
因为"没有",它拥有整个天宇

2020.6.21

中年的春天

爸爸妈妈来了
这个春天,有那么几天
我像一棵返青的幼苗
在他们中间生长

其实我已经是一棵树了
挺立着,为他们遮风挡雨
但在他们眼里
我还是一棵幼苗
一棵树的小时候,尤其是深夜
妈妈给我掖被子的时候

人到中年,哪怕是春天
终于能体会
生而为人的艰辛与无力
又能够感恩尘世的爱与柔软

2021.3.24

一碗饭

望着在厨房里忙碌的母亲
我有时会想
其实我们俩前世是陌生人
是什么使她成了我的母亲
给我手中递上一碗饭
其实我们终究会在时光中走散
且永不再见
我手中的这碗饭
会被时光夺走

这么想着
我慢慢吃着饭
一粒一粒
细嚼慢咽

2017.5.10

妈妈

晚上十点到家
妈妈站在路边等
昏暗的路灯下
我一眼就看见了妈妈

妈妈帮我提包
妈妈替我打洗脸水
妈妈坐在床边跟我说话
妈妈已不再年轻
我却情愿还没长大

叫妈妈明天不要早起
不要四五点钟就去买水粉
妈妈说,年纪大了
哪里有那么多瞌睡啊
你们回来了
别人家的孩子也回来了
去晚了,就抢不到粉了

2020.4.3

母亲节

母亲节的前一个晚上
我开着车
把我小家庭的温馨、快乐
和琐碎的日常
运到母亲面前
吃她做的饭菜
让她和儿媳妇一起
为七岁的孙女洗澡
小家伙叽叽喳喳
洗澡水弄得满地开花
母亲把我们换下的衣服
连夜洗掉
凌晨两点
母亲起身
到我们睡的房间
帮我们掖好被角

夜很安静
再过几个小时
天就亮了

2017.5.14 母亲节

写给爸爸的诗

耕字为生,从字里行间
抬头,常常想起
爸爸的扁担和锄头
想起第一次去镇中心小学上学
爸爸挑着书箱送我,把九岁的我
托付给陌生的夜晚

长大后,识得的字
有的写成诗
大多献给了女朋友和祖国
少部分献给妻子和女儿
给妈妈写过一两首
爸爸一首也没有

每次回家,跟爸爸的交流
基本上靠酒杯完成
有时我们会站在一起
沉默着,往同一个方向眺望
直到妈妈喊我们吃饭

2020.4.11

我的柚子兄弟

一

秋天,柚子熟了。回到老家
我愿意站在果树旁边
跟柚子兄弟聊聊天
父母的起居劳作,身体状况
甚至偶尔情绪的变化
柚子兄弟是知道的

我们兄妹仨都不在身边
父母年纪大了,租下一座山
栽种柑橘、柚子等果树
也种点蔬菜,养几只鸡
把年轻时养育我们兄妹的艰辛
又复习了一遍
他们真像养育孩子一样侍弄它们
怕它们饿着,怕它们渴着,怕它们冻着
尤其怕被无孔不入的毒素污染了
父母精心培育着这些果树
晨昏寒暑,欢乐忧愁
这些果树替代我们兄妹
承担起陪伴的责任和义务

转眼之间,柚子兄弟长大了,成熟了
它们身上,流淌着父母的心血和汗水
刻印着父母晚年生活的寂寞与欢欣
我们兄妹仨赶回来
不是来"摘桃子",不是来"抢夺胜利果实"
而是来感谢
我们对着沉甸甸的果树
深深地弯下我们的腰

妈妈说,我们的柚子当然是最好的
它的甜,是太阳的味道
是从大自然风霜雨露中提取的糖分
但你也要跟朋友们说清楚
我们的柚子树才挂果两年,还是新树
到了明年、后年,还会更甜
我妈妈那神态
就像把我们培养出来送往社会之时
有一点欣慰,一点自豪,一点自信
也有一点点的拜托和抱歉

2020.10.2

二

这两天,柚子兄弟引导我进行了一场劳动
它把我喊到身边
教我举起剪刀,把它们摘到筐里

它用倒叙的方式
讲述同我父母经历的一年四季

它讲到今年的雨水
讲到我父亲的病痛
讲到我母亲失眠的夜晚
它一瓣一瓣打开
生活的日常和裂缝
它的圆满
正是我生命的残缺

柚子兄弟劝我不要过分担忧
它说,劳动是最好的养生和治愈
吃得,做得,瓜果满山
说到这里,柚子兄弟擂了我一拳
那一拳头,就是我父亲倔强的力量

2020.10.4

甜枣

一棵是枣树
另一棵还是枣树
一棵枣树下站着爸
另一棵枣树下站着妈
数百里之外,才是我们
爸妈早年结的籽
隔着屏幕
我们馋爸妈对这些果木的精心培育
也馋它们对爸妈的亲密陪伴
它们的小脸红扑扑的
多像少年的我们
像爸妈返青的青春岁月
随手摘一个日子
都是甜的

2022.8.30

美好的电话

你们都睡吧,我不睡了
我要把这沉重的夜色
卸下来
松一口气

刚才,我接到一个电话
看到那个号码
不用说一句话
我就知道
这个世界平安无事了

接完这个美好的电话
我把手机握在手里
把刚才听到的声音
擦了又擦

2018.10.19

云

太阳是共产主义,人人有份
月亮如同爱情
是自私的,每个人都有一个
自己的月亮
云朵是偶然的投影
谁看她一眼
她就是谁的

云孤独,自由,跟着感觉走
她拥有整个天空
却没有自己的根
她在很多人梦里游荡
却没有一个知冷知热的怀抱

不管白天还是夜晚
云独来独往
她整天敷着高冷的面膜
但我相信后面藏着一个鬼脸

2018.9.2

南昌的云

南昌的云,只有周末才闲下来
其他日子,都在忙
在奔波

南昌的云
像我女儿穿着白色连衣裙
背诵一首诗——
孤云独去闲
她马上就要开学了
孤独的暑假就要结束了

南昌的云
是我手中的一块抹布
把家里打扫干净了
我终于可以像一朵古诗中的云
休两天闲

2018.8.31

梦

当我睡着了
就像一把钥匙插进锁孔
幸福微微颤栗

我有时会轻轻扭动
从锁孔进入无边的梦境
我潜泳、飞翔,或长身而起
舒展又满足

在梦里
迷失是幸福的
甚至灵魂都可以卸载
我跟在风后面
不计后果地
把自己变轻

2022.2.17

仪式感

还没写一首诗,时间便奔腾起来
到处都是活泼泼的春光
年后第一个工作日
劳动从家里开始
像擦拭这座城市一样
清洁家里每一个角落

今天,我决定步行去上班
早点出门,不要走太快
跟每一个遇到的人颔首致意
跟远处的人挥挥手
门前那条路
是一个劳动者登上工作台的红地毯

2021.2.18

开财门

每当到了星期五晚上
我就有一种预感——
我要发财了

接下来的双休日
大把的光阴
任我挥霍

清早起来
我一把拉开窗帘——
财门大开
金光闪闪

2017.4.15 晨

访茶

今天走得比较远
沿着上班相反的方向
到郊外野游,访茶
我们开车,停停走走
来到一杯茶的内部
抵达一树茶的根部
访问它的身世
探听它的心事
一杯 80℃的水
给我们讲述生活的辛苦与回甘

放下茶杯
我们四处走走
用肺叶
扫这漫山遍野
碧绿的健康码

2020.3.22

第四辑

夜流光

一条夜色中沉睡的鱼

我睡觉时,喜欢拉开窗帘
如果可以
我还想把屋顶也打开

我躺在床上
看着远处的夜色和虚无
感到踏实,感到平静
我沉沉睡去
远处的星辰看着我
轻轻推涌着我
月亮也看着我
像看着一条鱼

一条夜色中沉睡的鱼
如一粒微尘
呼吸着整个苍穹

2018.10.2

一夜安睡

一夜安睡,真沉哪
就像一个秤砣
沿着水的纹理
匀速,往深处潜游
又像一片荷叶
或一列火车
在水面荡漾,发出梦的香味
这秤砣还抱着另一个秤砣
这荷叶招摇着另一片荷叶
这火车迷失了路径
在时间的铁轨
之外

2020.11.22

我睡着了

我睡着了
我的眼睛闭上了
它看了一天的书和还未成书的文稿
看了一天美好的,不美好的风景
它累了,需要休息
它睡着了
但除了眼睛,我还有哪个部分
是睡着的?
我的脑子应该没有睡着
做梦就是它还在工作的明证
我的心脏也没有睡着
它还在扑通扑通地跳
我的鼻子也不能睡
它要保持呼吸畅通
我的消化系统也应该没有睡
它正在消化胃里的食物
哦,我睡着了
我的眼睛睡着了
我的双手也睡着了
它们暂停劳作、拥抱
我的双脚也睡着了
它们走了很多的路
现在终于跟鞋子分开
像脱下了工作服

要休息了
我的脸，我的嘴唇，我的额头
都睡着了
你要偷偷亲吻它
它们也是被动的
不要怪它们
没有热烈回应

2016.2.10

夜空下的王

其实到了晚上
最伟大的事业是睡觉

不管身在何方,不管精神多么高尚
或者卑劣
这一坨肉身需要安顿
把眼睛闭上,把万事万物
放下
即使睡着后洪水滔天
即使睡去不再醒来
也没有谁能抵制睡眠

交出所有武器和机心
躺在这里,躺在那里
都是躺在夜里
只要睡着了
你就是夜空下的王

2020.6.18

睡觉是神圣的事情

一个刚出生的婴儿
他睡觉的本领
胜过任何一个成年人

睡觉是天赐的神圣的事情
一个睡着的人
他接近于神

睡觉是很大的事情
天会不会塌下来不管他
先睡一觉再说
即使战争也不能阻止睡眠
爱情也不能
而在春天
睡眠被过分强调
花骨朵儿睡眼惺忪

有时候睡觉本身就是一场战争
一列装满睡眠的火车
必须保证它平稳前行
"桥都坚固
隧道都光明"①

2020.10.29

①引自土耳其诗人塔朗吉的诗《火车》，余光中译。

睡觉

一

一个人为什么要睡觉
每天练习
那最终要长眠的一项技能

一个人睡觉时
他把万事都放下了
他对这个世界是放心的
尽管是暂时的
哪怕一个小时,十分钟
打个瞌睡
他无法永远瞪着眼睛
他也无法把每一件事都做得妥帖
不管明天太阳是否照常升起
睡觉,是一种休息
也是一种幸福
放下即幸福

二

一个穷人,一个富人
一个老人,一个孩子
一个刚刚作案的凶手
一个为国杀敌的英雄
他们睡着了

睡着了
他们都是一个孩子

三

所有人都涌向夜晚
上夜班回家的人
蹲在路边呕吐的醉酒者
以及无家可归的流浪者
……
夜晚一视同仁
以微光为他们指路
看着每一个人都找到一张床
拾起自己的心
安详地睡一觉

四

漆黑的夜
被我时断时续的睡眠
打碎
辽远的微光透进来
照亮地上的瓷片

我羡慕那些把觉睡得完整的人
就像制作一件陶器

他们排除一切干扰
屏声静气
一气呵成

2015.11.1

奇妙的关系

一个晚上的夜色
跟一个人的睡眠
两者有一种奇妙的关系

夜色有窗帘那么宽
有被子那么长
刚好盖住
一个人的睡眠

一个人的睡眠
有夜色那么浓
有夜晚那么深
窗帘布上的投影
直播着睡眠和夜色
由浓变淡
由深变浅

一个人睡醒以后
刚好看到
世界是光明的

2019.6.9

使命

夜已经很深了
火车载着一车的睡眠
驶入了大地的梦境
它似乎并不在乎前方是哪儿
它的使命是平稳行驶
让这一车人安心睡觉
等天一亮
它就撒手不管了
让他们下车
散落在茫茫人海
世道艰难
它只管今晚
只管让这一车人
睡个好觉

2018.9.17

火车诗

一

从来没有想到
火车和我的关系会如此亲密
它拉开了我生活的距离
也延伸了我脚下的路
因为有了火车
一座山，一条河，一个省
我都敢跨过去

出门，回家，在车上睡觉、阅稿
或写诗，有时看看窗外的风景
一切都是那么自然
像是生理反应。坐得久了
火车已是我的义肢了
不是一张票，而是某种隐秘的逻辑
把我们连在一起

坐在火车上
行经生命的春夏秋冬
我好像借了一个钢铁的壳
来抵挡这人世的风雨

2019.4.22

二

在火车上
我带着耳机听音乐
火车在铁轨上吹口琴

天上的星星也在倾听
听轻风吹奏流水
听悲喜吹奏人间

2019.4.14

三

火车是一个动词
大地是一个名词
铁轨半推半就
是一个没有立场的助词

站台是一个形容词
汽笛是一个副词
离别是一个量词

天空是一个难以定性的词
它囚禁闪电
也放任月亮

2018.8.26

四

速度让我静下来
像一杯水中的波纹
被疾驰的火车头熨平

邻座在看书
也许没看
窗外风景不停地翻动
她半天也没翻一页

那么多人要回故乡
那么多人要去远方
那么忙碌的火车
为何愿意为我，在亲人身边
停下来

2018.7.27

五

在这个高铁时代
我乘坐的这趟快车
其实是慢车
从前慢
现在也慢
它迈着时光的脚步

对时代的风声
充耳不闻
它用温婉的目光
抚摸着窗外的田野
田野也抚摸着它

2018.5.2

六

坐在绿皮火车上
我想等夏天来了
我要爬到车厢上面去睡

我躺在车厢顶上
把自己打开
火车像是我的翅膀
我在夜色中飞翔

满天繁星像倒扣的大海
一个浪,又一个浪
向我推涌而来

2019.4.21

七

我每周到火车上打卡
星期天晚上，把道路铺开
把速度放出来
星期五，返身回去
把走过的路，一寸一寸
折叠起来

我用双肩背和一张张票根
叠建起一个博物馆
收藏道路
收藏速度
收藏反复吟咏的单调与丰富
收藏星光下的奔波
收藏疾驰中的寂静与安然
收藏不变的站台，一次次抵达
一次次出发

2019.7.29

八

每周坐火车
从杭州到南昌
从南昌到杭州

火车是我养的宠物
每周我都要遛它一次

这只宠物
绿色的身子
像吃甘蔗一样
吃一节一节铁轨
长出蓝色的叶子

我拿一沓蓝色的叶子给邱涵乙
她就把日历翻到了秋天

2018.10.29

失眠的人

其实每个人都掌握了
一种高级的魔法
眼睛一闭
就可以离开现实世界
离开光
让全部重量
瞬间变轻
乘着一个枕头
在黑暗中漂游
他还可以做梦
在梦中,他又可以睁开眼睛
看见光
看见一切
把不可思议的经历
随意体验

一个失眠的人
是失去了魔法的麻瓜

戴彩色口罩的人

今天上班,在大楼里看到一个人
戴着一个艳丽妖娆的口罩
他几乎把整个春天
裱在脸上
他的呼吸柳暗花明
他一说话,就开出一朵花
他不说话
一小块春天就那么寂静着,灿烂着

一个戴彩色口罩的人
走进夜色
他一抬头
便点亮了七种星光

2021.2.18

孤单的城市

白天那么热闹的一条街
到了夜晚
跟寺庙般寂静
随便在哪里席地打坐
都可以跟星辰对话
万家灯火
在人世间与尘世外晃动

一座孤单的城市
白天阅尽繁华
夜晚披着袈裟

2021.2.18

雨

白天也是雨
夜晚也是雨
这季节太需要倾诉
这世界有太多人想哭
雨,淋湿了红尘与草木
雨,洗净了欢欣与离苦
雨,放缓了匆匆的脚步
雨,抖开了天地的苍茫与生命的孤独……

2015.6.7

比如

有的时候努力也是徒劳
比如昨天
我整日忙碌
也无法阻挡黑夜降临

有些东西又是可以等来的
比如现在
我躺在床上
什么也不做
天——它就会亮起来

2017.4.7

第五辑

交流电

交流电

高铁是下凡的闪电
绿皮火车是银河下放的
一长串手电
在夜空下演绎时光的浪漫

我是两座城市之间的
交流电
时而迅疾,时而缓慢
时而辽阔,时而孤单

2021.8.2

迷路是迷人的

我是一个缺乏想象力的人
坚持以原始的方式
在时间丛林中走动

这速度无疑太慢
目标也不明确
其实走就是我的目的
去哪里并不重要
走着走着
很容易拐入另一片风景
或荒滩
迷路是迷人的
在陌生地方留下脚印
才是生命的延伸

2016.12.27

虚构

周末的早上
我躺在被子里,虚构
身边的女人
给她换一个虚构的姓名
我虚构一些情节和场景
使这冬日的清晨
散发着虚构的春意

我虚构我已起床
策马去了远方
被女人的一个吻
拉了回来

2015.12.19

快递

昨夜我钻进被窝
被黑夜快递到了今晨

要是它送得慢一点就好了
要是它把我送到前天去了就好了
要是它送的时候迷路了就好了
要是今天找个理由坚决不收就好了

2016.4.6

春天的秧苗

盲者也能看见这碧绿的笑声
在田野铺开
在空中回响
并排站立的春天的秧苗
米饭的童年
其中一株是我的女儿
她弯腰接触混杂着牛屎味的地气
和小伙伴们一起
收集阳光和细雨
沿着节气的指引
野蛮生长
所向无敌

2014.4.7

梦见

昨夜我梦见了我
我梦见我长高了许多
我弯下腰来跟我说话
我踮起脚来跟我握手
我看着我
像看着另一个人
但又知道我们是同一个人
这种感觉非常奇妙
我握着我的手
久久,不愿松开

2018.1.17

湖

人们在湖边来来去去
湖水轻轻荡漾
用一曲莲的清音
整理着杂乱的脚步
湖水看上去波澜不惊
把满腹心事
交付给白云
只有到了夜晚
夜深人静的时候
天上的星星
能听到她浅浅的叹息

2022.10.15

石庭园

一个从杭州迁居龙泉的男子
他最终的目的
是从龙泉迁回宋朝
他每天把自己摊开
在龙泉的山野之间
晒干原籍中的水分
吐纳湖光山色
用一口地道的龙泉话
和身边的瓷石交谈
他褪去眼中的霓虹和虚无
袒露出性格中的铁
迎着山风
像一口不息的窑火
一根接一根地抽烟
他抽的都是好烟啊
每一寸燃烧
都那么决绝,彻底
绝不半途而废

2017.9.22

早晨十分美好

把几天攒下的垃圾倒掉
把两件脏衣服洗掉
昨夜的酒渍和寂寞
需要滴两滴洗洁精
拉开窗帘
晨露已把大地洗了一遍
走路去上班
星期五的脚步
可比星期一慢半拍
走了一年多的这条路
只要低头
总是还有新奇的发现

这样的早晨已十分美好
不需要一首诗来聒噪

2018.9.14

新的一天

凌晨五点半我就注意到了
新当选的一天
用黎明的亮光拍打每一扇窗户
急于送走旧的日子
和记忆
急于接管城市、乡村
大地和河流
他们激动、兴奋
一张脸在海那边亮相
像一个诺言的气球那么红,那么圆

今天会有很多气球升起来
五颜六色
使这一天变得格外斑斓
和轻浮
其实时间是一个色盲
在历史的博物馆里
她只给今天
留下一张黑白照片

2016.1.17

时间都是清白的

时间都是清白的
在太阳把金子运来之前
大地都是安静的
在花草呢喃之前
万物都是朴素的
在它们被命名之前
所有人都是平等的
在穿衣出门之前

新的一天开始了
让我们迎接这美
这绚烂
这充斥着文明与野蛮的
人世间

2016.2.13

交接

在晨光的微曦中
黑夜将世间万物
交给匆匆赶来的早晨
大海、长河、山川
渐渐热闹的街道
和怎么也热闹不起来的乡村
昨夜有人逝去
也有人降生
季节变换
草木荣枯
都是小事一桩
他们也不言语
更不核对清单
彼此碰一碰脸颊
握一握手
交接仪式便已完成

2016.5.3

新生

一场大雨把我洗净
那倾天而泻的咒语
把我深重的妄念扑灭

一夜睡眠让我清空
我蜷卧着
像回到了母亲的子宫

我徐徐伸展,再度分娩
于晨光的微曦中

我走出门去
问喷薄的日光
给我取一个新的名字

2018.8.4

人到中年

早上起床刷一次牙
吃完早餐又刷一次

中午饭后刷一次
睡觉前再刷一次,有时
还用牙签

人到中年,已习惯
把想说而忍住没说
隐藏在齿缝里的话
剔出来,清理干净

2021.6.22

甚至苦难,甚至忧伤

有时候,我希望自己是个穷光蛋
除了快乐一无所有
除了自由一无所有

有时候又希望自己是个大富翁
有很多很多钱
可以买到比家更大的房子
可以实现随心所欲的梦想
可以拥有比幸福更奢华的生活

更多的时候特别贪心
什么都想要
甚至苦难
甚至忧伤

2021.9.28

西湖

没错,我每天上班,伸长脖子就可以
看到西湖。她也看着我,看着我的窗子
等着我叠拢一堆书稿,站起身来
走到窗前,看她一眼

有时我们久久对视,湖面是平静的
窗玻璃也是平静的,甚至可以说冷静
每天看一眼,太阳就落下去了

有时她会在湖面开花,她喜欢开荷花
掩藏湖水深处的漩涡

等到下雪的日子,所有高温的冷静
都跟着一场雪,纷纷扬扬
燃烧起来

2021.3.2

西湖的雪

西湖的雪
像一场呼啸而来的爱情
铺天盖地,沸沸扬扬
下得那么急,那么猛,那么美

西湖的雪
像一个终究要被太阳曝光的谎言
化得那么慢,那么迟疑
一地鸡毛
让人心碎

2018.2.7

化雪

西湖在卸妆
我在等

2018.1.30

夜走运河

一

晚上,到运河边走走
有时停下来
跟水说说话
水没听见
或许鱼听见了
鱼没听见
或许水里的鬼听见了
水里的鬼
不就是岸上的人么
我说什么
她能听得懂

2020.4.12

二

夜渐渐深了
城市安静下来
可它的河流还醒着
以慢动作,搬运
被时代遗落的物什

河流两岸
一天的日子刚刚合上
另一个日子还没打开
我看到历史在河里翻涌
一个浪又一个浪
每一页
都是活的

2020.3.7

每一场大雪都饶有深意

每一场大雪都饶有深意
一个女作家在异国他乡去世
她的名字通常被用来描述一场雪
或一种高处的精神
一个母亲被比雪更冷的锁链困住
一个瑞雪兆丰年的"丰"字
像一根刺
扎进一场雪中
而在北京冬奥会开幕式上
雪花聚拢，绽放
覆盖了肤色和种族的差异

每一场大雪都饶有深意
它飘落人间
替我们舔舐母亲的苦难
它阻缓高铁的速度
让我们奔腾的时代等一等
等一等那些像雪花一样美丽、冰凉
脆弱而可怜的少女和母亲

2022.2.8

葫芦歌

你佩刀剑
我挂葫芦
你的刀剑作金石响
我的葫芦一声不吭——
它就是个闷葫芦

你是云朵
我是泥土
你持彩练当空舞
泥土藏身于尘世最低处

你三千繁华
我一杯孤独
你大海澎湃
我一滴水珠
你坐拥世间万物
我只要这个葫芦

2015.8.11

我爱

我是那种充满激情的人
心静如莲,但情绪高昂
我走到哪里,哪里的空气
就噼啪作响

我不需要诗歌和酒把我点燃
我自己就是一粒火种
即使我睡着了
夜色也是热的

我以温柔的诗句
和砸向敌人的石头
爱着这个世界
那砸向敌人的石头
也充满着炽热的爱!

2015.11.27

月光

你是病,也是药
多少诗人被你伤
多少异乡的旅人
少了你一天都活不下去

你是燃烧的泪水
你是苍凉的火焰

你是被水浸湿的阳光
你是一段被折叠的旧时光

你是一场忍无可忍的爱情
是埋藏在心底里的一枚炸弹
在中秋的夜晚
不管不顾
铺天盖地地
炸响

2018. 中秋节

在草木之间

在草木之间
呆上一季
看着它荣
看着它枯

在山水之间
席地而坐
卸半世风尘
披一身诗意

在天地之间
喝一杯茶
云渐渐淡
风渐渐轻

2018.6.19

编辑的一生

一生隐于书
一世病于贫

一寸一寸耙耕
纸那么薄的土地
文字那么强大的种子
用时间培育它
用精血喂养它
用风声和河流传播它

编辑的一生是寂寞的
黑色的文字和加班的夜色
吸走了岁月的虹彩
也藏纳了他生命的光华
编辑的一生是沉默的
他要说的话
在字里行间都说完了
尽管那本书中
没有一个字是他的

2019.3.12

编辑

你把那么多字喊在一起
像春风喊一嗓子
红花绿草便开始
在大地上排版
白纸上便横一行竖一行
有了万千风景

你朝天空喊一嗓子
一朵朵流云便聚集在一起
日月光华,星河灿烂
一颗流星穿过云层
把片片云页装订在一起
引多少人仰头阅读
云卷云舒

2018.4.24

纯真年代

她在山上
超拔于喧嚣的凡尘
她让文化有了高度
也有了难度
每一个去逛书店的人
都像去朝圣
而在夜晚
她和星星一起
闪着亮光
远远看去
像一个火把
在半空中行进
又像天上的星群
要来造访这迷茫的城

它是一间书店
也是都市的客厅
人们从合同、会议和报表中逃身
聚到这里
谈一些纯真年代的话题
或者什么也不谈
仅仅为了爬到高处
深呼吸几口

理想主义的空气
安顿自己惶惑的心魂

纯真年代书吧
已传到第二代了
年代在流转
而她依然纯真
高擎着一盏温暖的灯
纯真年代
紧紧握住纸书的体温
纯真年代
是多少人难忘的记忆啊
纯真年代
她永远都要在——
她就是永恒

2021.12.1

第六辑

醉流杯

水边半隐

当你坐在水边
把酒临风
你会灌醉一个西湖

当你泛舟湖上
对酒当歌
湖面会竖起倾听的耳朵

在水边
有雪,或者没有
有星光,或者没有
只要有酒,即使只有半壶
你的孤独
就有了隐居之所

2018.6.13

醉驾一座城市

醉驾一座城市,或
一夕尘世
跟在城市里醉驾
是两回事
不是坐在驾驶室内
手握的方向盘
是手中的酒杯,或
天上的月亮

他所走的线路,无意犯法
但完全偏离了世俗的规则
天上星星的亮光
是穿越的指示灯
把他引到陶渊明或李白的家门

醉驾一座城市,在春天
难免误入花丛
在夏天,清晨的露珠
会爬上他的额头
在秋天,月亮的方向盘晕眩着打转
直到冬天的雪让他停下来

Jiao Liu Dian

冬天的雪，让他清醒
又让他迷惘

2019.12.24

今夜,我需要一杯酒

今天没有喝酒
一只空杯与另一只空杯
无法碰响
它们遥遥相望
像春运期间
没抢到票的
他乡与故乡

还有几天就过年了
酿了一年的这坛酒
就要封缸
把岁月掩藏
将未来铺张

每个人都在祝福新年
辞旧迎新
每个人都迫不及待充满向往
今夜,我需要一杯酒
一点点兴奋,一点点沉醉,一点点惆怅

2020.1.19

假装

此刻,要是有灵感
我就写一首押韵的诗
假装没有喝醉

或者,写一首凌乱的诗
假装我真的醉了

或者,对着月亮起舞
假装孤独,假装享受孤独

最好是躺在床上
假装胃里的闪电
被去年的雪
浇灭了火光

2020.5.9

在明月山

在明月山上午餐
酒还是要喝一点的
随便什么酒
都能喝出魏晋飘逸的感觉
筷子再长一点
就能夹一片云朵下饭
不过味道实在太淡了
饭后爬山
与一条林中小路共谋出轨
在多情飘渺的雾岚中
快意浮生
飘飘欲仙

2016.6.5

夜宿南山

今夜宿于南山
人境,东篱,心远
每间居室,都是一个桃花源
星空如菊花般灿烂
飞鸟也睡了
要去敲陌生人的门
只有饮酒壮胆
假装,或者真的醉了

今夜宿于南山
其实是城市边缘的半山
车马到此息声
时间在此空芜
月亮探视人间
看到了什么
却又默默不言

2020.5.12

孤独开花

黄昏时分,我乘着渐浓的暮色
穿过大半个城市
抵达一杯酒
抵达一条河
等我把这条河饮尽
天上的银河就会出现

一个太阳般热烈的人
在夜晚,用一壶烈酒
点燃一小簇一小簇火焰
照亮一小朵一小朵孤独
一座城市的孤独就这样开花
像银河闪耀在无边的苍穹

2021.11.22

喝酒

出差,办事,会老朋友
当然要喝一点酒

我相信我还是一个小孩
每次见老朋友还是那么激动
就像河水又被春风抚摸了一遍

喝的酒,经过喉咙,落进肚子
全身都热烘烘的
好像身体里住着的春天,醒了

2019.7.26

诗

充满神性
又带着日常的体温

诗是高处的闪电
唤醒了隔世的俗尘

诗是孤独的
撞开了孤独的门

2017.4.14 作
2022.11.6 改

我的诗

我写的诗
体积很小
分量很轻
只有光阴的重量
和烟火的温度
我的诗
连简单的包装都没有
净重 21 克

2018.6.1

写诗

写诗要那么用力干什么
捉一只蝴蝶
你只需让自己轻盈起来
追一缕风
你只需端坐不动
风,就会自己过来
山也会过来
看星星看月亮
你只需跟黑暗融为一体
就能浴满辉光

2018.7.13

写诗多年

写诗多年
我是不是该出一本诗集
像一个诗人通常做的那样
把自己思路出轨的碎片
组成一幅拼图

我的诗大多是在夜晚写的
这本集子
看的人要燃着篝火看
要就着月光看
就是不能在暧昧的电灯下
指指点点,欣赏,把玩
或者一把火把它烧了
读它灰烬里的温度
和骨头

我有些诗写于旅途
甚至在飞机上写就
读到这些诗句的朋友
会不会从常俗的生活中
一跃而起
仰望星空
或者向着远方,出发

2016.1.17

凝练

一个朋友评点我的诗
说我用词"凝练"
她的表扬使我更加警惕
我一向抗拒
到超市选购一些
"凝练""有语言张力"的词汇
然后组装一首"自己的"诗
我写诗,使用的词语
都是自家地里种出来的
粗砺,用起来顺手
还特别干净
不会沾着别人的口水

2016.4.10

笔名

现在写诗都不用笔了
我还保留着一个古董般的笔名
保留着夜晚皮肤的记忆
保留着夜色血液的流淌

每当夜幕降临
我推开一扇窗
就能把自己漂流出去
所有的路都是液态的
每一个方向
都有我的道路在延伸
都有我的词语在生长

我用墨水写诗
用煤写诗
用夜晚的黑色素写诗
用乌鸦的叫声写诗
用老家烟囱的呼唤写诗

我的诗,用笔名发表在水上
要用月光显影才能看见

2018.8.24

注:作者曾用笔名夜舟。

诗是让人绝望的事物

诗是让人绝望的事物
它清高,孤绝
万径人踪灭
一首诗一经诞生
它咬断的不是脐带
是自己的舌头
它举起的不是意义
是自己的躯体
一首诗被人读懂之时
就是一颗星星坠亡之日

2018.7.29

手榴弹

最近很忙
但再忙也要读几首诗
向那些无名诗友致敬
再忙也要写几首诗
向那些著名诗人
扔几颗手榴弹

2018.3.24

诗人的魔法

同事们都很惊讶
每次跟我一起
到北京出差
天都是蓝蓝的
一次都没碰上雾霾

他们有他们的手段
诗人有诗人的魔法

2017.3.25

生命中的光

体验生活？
活着就是生活
接地气？
空气就是地气
诗不在远方
我们活着，我们呼吸
就是诗
不要只追逐太阳、星星和月亮
甚至黄昏，甚至黑暗
都是生命中的光

2018.5.27

作者简介

最近读诗
发现"作者简介"越来越简
有的一行,有的三两句
就像这个春天
在做着秋天的减法

白云高悬,静默
菊花残,南山远,黄鹤去,樱花落
江南三月下雪
人世越来越恍惚
生命越来越细小
每一个名字,都像一棵草
在风中晃动

2020.3.28

极简

我喜欢看极简的"作者简介"
那是最酷的风度
是一个窈窕的女子,穿着吊带的背影
走在四季中的秋天

它简单,却是重要的
它名下的作品
一部小说,一篇散文,一首诗
是次要的

一个把简介写得很简的人
给 Ta 的一生
预留了巨大的空间

2020.4.12

读一本1999年的诗选

有的人活得不错
有的人很活跃
有的人,那时还活着

在2022年夏天
读一本1999年的诗选
除了纸张泛黄,诗人迭代
诗意并没有多大改变

在2022年的高铁上
读一本1999年的诗选
几个去世的诗人
让火车慢下来
我并不知道
他们是否趁着夜色
变成了天上的星辰

2022.2.26

去桂林参加一场诗会

一到桂林,已是晚上六点
立即去"勾味王"吃饭
来自全国各地的诗人们
互相还不熟悉
三杯热酒下肚
气氛也没像漓江的水一样
活泛起来
每个诗人都是一座独秀峰
负手伫立,彼此遥望
在这略显清冷的初冬的夜风中

走进纸的时代书店
一股久违的书香扑面而来
使我们不由得羞愧地收起手机
一个个诗人登台朗诵
用诗,把自己打开
也把别人打开
小小的舞台中央
空白地带清澈无比
诗人们心中的水位和鹅卵石
一目了然
桂林诗人的普通话听起来
像读朦胧诗
他们也不管活动的套路和腔调

表现出远离北京时间的自在和逍遥
作为一场诗会
他们从车水马龙的街道
以最大的弯度
抵达诗歌
真挚,自然,充满南方以南的灵气
和智慧
在热烈的掌声和无声的交汇中
诗人们的心跳从高处坠落
被一张薄薄的纸
暗中接应

从外省远赴桂林来参加一场诗会
为一座山水的城市读一首诗
这看起来有些疯狂的举动
今夜,在纸的时代书店
我们这些前朝的浪子
聚在一起,痛饮了
这个时代的乡愁

2016.11.11

后记

丘山

一

诗是什么？诗意味着什么？

诗是我安身立命的经济基础之上的"上层建筑"，是我的生命印记、瞬时心境、独坐冥想等一切"虚渺物事"的总反应堆，是我的灵魂居所和精神家园。

我以编书为业，书是我谋稻粱求生计的土地和庄稼。可以说，有了书，又有诗，我就能维持物质与精神的自给自足了。

二

于诗，我是"任""性"的——"任"是"任真自得"的"任"，"一蓑烟雨任平生"的"任"；"性"是"云心月性"的"性"，"性本爱丘山"的"性"。

诗是我的一日三餐,是我的星辰大海,是我的桃花源。
诗充满神性,又带着日常的体温。
诗在高处,又沾满尘世的灰。

三

我是诗歌的环保主义者,习惯用最家常的字词写作。我尽可能使用小学生都认识的字句写作,但希望没牙的村妪炭翁也能咂摸出一点儿诗味。这是我的追求。我的诗都是轻轻的、浅浅的、小小的。我写不来鸿篇巨制,请不动高冷的生僻字,也用不起气势磅礴的"大词"。我的诗都是体积很小分量很轻的短制"小令"。

> 我写的诗
>
> 体积很小
>
> 分量很轻
>
> 只有光阴的重量
>
> 和烟火的温度
>
> 我的诗
>
> 连简单的包装都没有
>
> 净重 21 克

四

诗乃灵感一闪电光石火的产物,诗能引发心与心的交流与共鸣,诗也是生命光华的映射与绽放,所以这本诗集取名《交流电》,共分东流水、漂流船、暖流带、夜流光、交流电、醉流杯六辑。

这部诗集的出版,要感谢出版家彭明榜老师的精心筹划和编辑;感谢画家孙初老师绘制插图和装帧设计;感谢诗人如始帮忙整理;特别感谢著名作家刘荒田老师热情赐序,他的溢美之词我理解为偏爱和激励。

感谢古今中外所有诗作的滋养。

感谢我生命中经过的每一个人。

感谢您的阅读!

2022 年国庆节

图书在版编目（CIP）数据

交流电 / 丘山著 . -- 北京：当代世界出版社，2023.3
ISBN 978-7-5090-1655-8

Ⅰ.①交… Ⅱ.①丘… Ⅲ.①诗词—作品集—中国—当代 Ⅳ.①I227

中国版本图书馆 CIP 数据核字 (2022) 第 235470 号

书　　名：	交流电
作　　者：	丘山 / 著
出 版 社：	当代世界出版社
地　　址：	北京市东城区地安门东大街 70-9 号
邮　　编：	100009
监　　制：	吕　辉
选题策划：	彭明榜
责任编辑：	高　冉
装帧设计：	北京小众雅集文化传媒有限公司
编务电话：	（010）83907528
发行电话：	（010）83908410（传真）
	13601274970
	18611107149
	13521909533
经　　销：	新华书店
印　　刷：	北京精彩世纪印刷科技有限公司
开　　本：	889 毫米 ×1194 毫米　1/32
印　　张：	7.5
字　　数：	117 千字
版　　次：	2023 年 3 月第 1 版
印　　次：	2023 年 3 月第 1 次
书　　号：	ISBN 978-7-5090-1655-8
定　　价：	68.00 元

如发现印装质量问题，请与承印厂联系调换。
版权所有，翻印必究；未经许可，不得转载！